COMO UNA ALONDRA

Título original
Skylark
© 1994, by Patricia MacLachlan
Published by arrangement with
HarperCollins Publishers, Inc.
New York, N.Y., U.S.A.
© 1996, Noguer y Caralt Editores, S.A.
Sant Gervasi de Cassoles, 69, Barcelona
Reservados todos los derechos
ISBN: 84-279-3233-2
Traducción: Ana Cristina Werring Millet
Ilustración de cubierta: Marcia Sewall

Tercera edición: mayo 2005

Impreso en España - Printed in Spain
Domingraf, S.L., Mollet del Vallès
Depósito legal: B -19912 - 2005

Patricia MacLachlan

Medalla Newbery, 1986
Lista de Honor del IBBY, 1988

COMO
UNA ALONDRA

CUATRO
VIENTOS

NOGUER Y CARALT
EDITORES

*Este libro es para Emily MacLachlan
con toda mi admiración
y con todo mi cariño*

En un día de verano, papá se casó con Sarah. En el cielo no había ni una nube y papá, tomando a Sarah en sus brazos, la hizo girar y girar mientras su vestido y su velo blancos los envolvían a ambos como la brisa del verano. Caleb estaba tan emocionado y nervioso que se echó a llorar.

Nos sentíamos muy felices.

—Súbete a este tronco cortado, Caleb. Saldrá una foto familiar fantástica.

Joshua, el fotógrafo, nos miró a través de su gran cámara fotográfica mientras nosotros permanecíamos en el porche con los ojos semicerrados deslumbrados por el sol. Caleb llevaba una camisa blanca y el cabello peinado hacia atrás muy estirado. Sarah llevaba un vestido blanco y papá parecía incómodo y acalorado enfundado en su traje. Con el calor del verano, el cuello me picaba debido a la cinta que rodeaba mi cuello. Tuvimos que permanecer tanto tiempo inmóviles que Caleb empezó a silbar suavemente y papá se echó a reír.

En la lejanía, los perros Nick y Lottie caminaban lentamente entre la hierba reseca de la pradera. Pasaron por delante del estanque de las vacas, ahora casi vacío, después, por delante de la carreta y junto al corral de las gallinas. Nick fue el primero en vernos. Luego fue Lottie y ambos echaron a correr. Caleb me miró de reojo mientras los perros saltaban la valla y corrían hacia nosotros para colocarse apresuradamente entre Sarah y papá como si ellos también quisieran salir en la foto. Intentamos no echarnos a reír pero Sarah no pudo contenerse. Miró a papá y éste le sonrió. Y Joshua hizo la foto cuando todos reíamos y papá sonreía a Sarah.

Joshua también rió.

—Esta foto les gustará mucho a tus tías —le dijo a Sarah.

Sarah se abanicó.

—Ya casi no recuerdan cómo soy —respondió Sarah en voz queda—. Yo tampoco recuerdo cómo son ellas.

Miré a Caleb. Sabía que no le gustaba pensar ni en las tías ni en el hermano de Sarah ni en el mar que ella había dejado atrás para venir a vivir con nosotros.

—¿Usted viene de Maine, verdad? —dijo Joshua.

—Sí —respondió Sarah.

—Ahora vive aquí —dijo Caleb enérgicamente.

Papá posó la mano sobre la cabeza de Caleb.

—Eso sí que es así —aseveró Joshua sonriendo.

Joshua volvió la mirada hacia los campos de maíz. Las plantas estaban tan secas que el viento las hacía crujir.

—Estoy convencido de que en Maine todos los campos están verdes —dijo en voz baja y con la mirada perdida en la lejanía—. Un poco de lluvia no nos iría mal. Recuerdo que, hace mucho tiempo... tú también debes recordarlo, Jacob, el agua se evaporó y los campos estaban tan secos que las hojas caían hechas polvo. Y, entonces, empezó a soplar el viento. Mi abuelo preparó el equipaje y se llevó a su familia abandonando las tierras.

—¿Regresó? —preguntó Caleb.

Joshua volvió la cabeza hacia él.

—No —respondió—. Nunca regresó.

El fotógrafo recogió sus cosas y subió a la carreta. Papá miró a Sarah.

—Lloverá —dijo.

Miramos cómo se alejaba la carreta.

—Lloverá —repitió papá en voz baja.

—¿Si no llueve te preocuparás mucho? —preguntó Caleb.

—Sí, pero saldremos adelante —dijo papá—. Siempre hemos salido adelante.

—Imagínate si tuviéramos que marcharnos —dijo Sarah.

Papá se quitó la chaqueta.

—Nunca nos marcharemos, Sarah —aseguró—. Hemos nacido aquí. Nuestros nombres están grabados en esta tierra.

Cuando papá y Sarah entraron en casa, Caleb me

13

miró. Sabía lo que me iba a decir y yo no quería oírlo.

—Sarah no ha nacido aquí —observó.

Yo cogí un cubo de grano para las gallinas.

—Ya lo sé, Caleb —dije enfadada—. Y papá también lo sabe.

Caleb cogió un palito del suelo y se agachó. Vi cómo escribía el nombre de SARA en la tierra. Después me miró.

—Estoy escribiendo el nombre de Sarah en la tierra —dijo.

—No sabes escribirlo, Caleb. Lo has hecho mal.

Me alejé. Cuando me volví para mirar a Caleb, él me estaba observando fijamente. Quise decirle que lamentaba haberme enfadado con él pero no lo hice.

—Y fueron muy felices —dijo Caleb cuando papá y Sarah se casaron—. Ahora viviremos felices y comeremos perdices. Esto es lo que dicen en los cuentos.

Caleb repitió esta frase a lo largo de todo el verano y en el otoño, cuando la hierba de las praderas se volvió amarilla, y también durante el primer invierno de casados papá y Sarah. Lo repitió durante todo el largo invierno cuando el viento soplaba por las esquinas de la casa y el hielo se pegaba a las ventanas. Lo repitió cuando se cayó en el cenagal y tuvo que sentarse en un baño de agua caliente tiritando tanto que los dientes le castañeteaban.

—Me gusta el sonido de esta frase —me dijo Caleb—. Y fueron felices y comieron perdices.

Los días eran cada vez más calurosos. El sol nos azotaba. Siempre que podíamos permanecíamos dentro de casa. Incluso Nick y Lottie se quedaban en el interior de la casa, estirados sobre el suelo de madera para mantenerse frescos. Papá caminaba por los campos aguardando las lluvias y midiendo el nivel del agua del pozo una y otra vez. Después entró en casa trayendo consigo el polvo de las praderas.

—¡Papá! —exclamé, dándole unos golpecitos en los pies con la escoba—, quítate las botas.

Yo estaba barriendo intentando echar el polvo de casa. Sarah estaba de rodillas en el suelo fregando el suelo de la cocina.

Papá tenía calor y estaba cansado.

—Ésta puede ser la última vez que se friega el suelo —le dijo a Sarah—. Tenemos que ahorrar agua.

—Esta noticia es casi una bendición —dijo Sarah   17

apartando el cabello de su rostro y mirando cómo Caleb daba de comer a Delfi—. No le des tanta comida. Se está poniendo muy gorda.

Papá miró atentamente a Delfi.

—Creo que está gorda por algo más que la comida, Sarah.

Sarah levantó la vista.

—¿Qué?

—¿Qué quiere decir, papá? —preguntó Caleb.

Yo sonreí.

—Gatitos. Quiere decir que tendremos gatitos, Caleb —dije.

Caleb y yo rompimos a hablar al mismo tiempo.

—¿Podremos quedarnos con ellos? —preguntamos.

—¿Cuándo los tendrá, papá? —inquirió Caleb entusiasmado.

—No lo sé —respondió papá mientras bebía agua en una taza de estaño.

Sarah se sentó.

—¿Alguna vez ha tenido gatitos, Sarah? —preguntó papá.

Sarah negó con la cabeza.

—No, nunca.

Papá sonrió ante la expresión de Sarah, que se quedó mirando a Delfi durante mucho rato.

—¿Conque gatitos, eh? —dijo sonriendo.

En la habitación penetraba la tenue luz del atardecer. Las ventanas estaban cerradas al viento de la pradera y el polvo se aposentaba sobre el alféizar y sobre los muebles.

Sujeté contra mi cuerpo el vestido de novia de Sarah y me contemplé en el espejo.

—¿Anna?

Di un respingo sobresaltada y Sarah me sonrió.

—No era mi intención asustarte —dijo.

Volví a mirarme al espejo.

—Algún día me casaré y me iré a vivir a las tierras de mi esposo. Esto es lo que dice papá.

—¿Ah sí, dice esto?

—Es lo que tú hiciste, Sarah. Viniste de Maine para casarte con papá —le recordé.

Sarah se quedó silenciosa durante un momento. Se sentó sobre la cama.

—Sí —dijo lentamente—. Supongo que eso es lo que hice.

—Te enamoraste de nosotros —afirmó Caleb bajo el marco de la puerta.

—Así es —respondió Sarah—. Primero, de vuestras cartas y, después, de vosotros.

—¿También te enamoraste de las cartas de papá? ¿Antes de conocerle? —preguntó Caleb.

—Sí. Las cartas de tu padre me encantaban —dijo Sarah con voz suave—. Especialmente me gustaba lo que decía entre líneas.

—¿Qué había entre líneas?

Al contestar, Sarah me miró a mí.

—Su vida, esto es lo que había entre líneas.

—A veces, papá no sabe expresarse muy bien —dije.

—Es cierto —respondió Sarah riendo—. Pero cuando leía las cartas de vuestro padre podía imaginarme esta granja, los animales y el cielo. Y a vosotros. A veces, lo que escriben las personas es más importante que lo que dicen.

Caleb no entendía lo que Sarah quería decir. Pero yo sí. Yo escribía cada noche en mi diario y, cuando leía lo que había escrito me veía reflejada más claramente que cuando me miraba al espejo. Podía ver a todos nosotros: a papá, que no siempre podía expresar lo que sentía, a Caleb, que no se callaba nada, y a Sarah, que no sabía lo mucho que nos había hecho cambiar a todos.

A Sarah le encantaba la nieve.

—En Maine no tenemos ventiscas de nieve —afirmaba.

Esperaba a que nevara y contemplar la nieve sobre las praderas para poderla pintar con la luz de la mañana.

Me enseñó a pintar a la acuarela.

Pintamos el granero y el estanque de las vacas y el cielo justo después de la puesta del sol, la hora preferida de Sarah.

—Ésta es la hora en la que no puedes decir de dónde proviene el color —solía decir Sarah.

El domingo, el viento estaba en calma como cuando se avecina una tormenta.

Nos vestimos y nos fuimos en carreta a la iglesia. Dentro de la iglesia se estaba fresco como un día de primavera y Caleb se durmió. Matthew, Rose y Violet, nuestros vecinos más próximos, se sentaron delante de nosotros. Tom, el bebé, se volvió y alargó el bracito hacia Sarah. Ella sonrió y le cogió la mano. Papá también sonrió. No queríamos salir de nuevo al sol.

Maggie y Sarah se encaminaron hacia las carretas poniéndose la mano en forma de visera para ampararse del sol.

—¿Alguna novedad? —preguntó Maggie.

—Delfi va a tener gatitos —dijo Caleb—. Muchos. Maggie se echó a reír.

—Esto sí que es una gran noticia. Ahora que lo   23 dices, creo que ha visto a Delfi en nuestra casa con Sam, el gato color naranja —recordó Maggie.

Sarah sonrió.

—¿Así que se trata de Sam, no es así?

Sarah y Maggie rieron juntas. Después, Sarah alargó los brazos y levantó a Tom. Besó su cabeza.

—Estoy rodeada de maternidad —dijo suavemente.

Percibí el sonido de su voz; pensativa y triste.

—También está a punto de nacer un ternero —añadió—, y luego los gatitos.

Llegaron papá y Matthew. La expresión de papá era seria.

—¿Qué sucede? —preguntó Sarah—. ¿Qué pasa?

—El nivel del pozo de la iglesia ha descendido «treinta» centímetros y medio —dijo Matthew.

—¡Treinta centímetros! —exclamó Maggie—. ¡Esto es más de lo que ha bajado el nuestro!

Papá miró al cielo.

—¿Qué pasará si no llueve pronto? —preguntó Caleb.

Rocé su brazo con mi mano como si quisiera borrar las palabras que había pronunciado.

—Lloverá, Caleb —dije.

Tom alargó los brazos hacia papá y papá lo alzó por los aires sonriendo.

—¿Aquello que se ve en el oeste son nubes, Tom?
24 —inquirió—. A lo mejor lloverá.

—Sí —respondió Maggie intentando animar a todos—. Lloverá.

De pronto su expresión se tornó pensativa.

—Lloverá —repitió—. Antes de la lluvia todo es difícil. Siempre lo es.

Regresamos a casa seguidos de la nube de polvo que levantaba la carreta. El cielo estaba azul. De la tierra surgían olas de calor. Por mucho que papá lo deseara, en el cielo no había ni una nube.

—¡Anna, Anna!

Abrí los ojos y la luz del sol bañó mi edredón. Caleb estaba allí de pie medio desnudo.

—¿Qué sucede?

—¡Ha nacido el ternero, corre!

Caleb retiró las sábanas que me cubrían y yo salté de la cama. Ambos corrimos escalera abajo.

—¿Por qué no nos has despertado? —pregunté emocionada—. ¿Cuándo ha nacido?

—Es una ternera —dijo papá sentándose a la mesa de la cocina para tomarse el café—. Primero desayunad.

Papá bebía café y Sarah puso unos tazones sobre la mesa. Caleb intentó salir corriendo pero papá alargó la mano y lo detuvo.

—Come —ordenó con firmeza.

—¡Date prisa, Caleb! Come deprisa —dije.

—Como lo más deprisa que puedo —dijo Caleb—. ¿Está emocionada Melisa? ¿Le gusta su bebé? —preguntó a papá.

—¿Has visto alguna vez una vaca emocionada? Yo no he notado nada. ¿A ti qué te parece, Sarah?

—Yo creo que le gusta mucho su ternera —dijo Sarah sonriendo a papá.

—¿Cómo es? —pregunté.

—Es pequeña, marrón —dijo papá—. Tiene una mancha blanca en la cara.

Sarah me miró por encima de su taza.

—Vuestro padre dice que tiene la cara más pálida que la luna de invierno —comentó Sarah—. Y pensar que tú dices que a veces no se expresa bien...

Sonreí a Sarah.

—Rayo de Luna —dijo Caleb—. La podríamos llamar Rayo de Luna.

A papá le hizo gracia el nombre.

—He «terminado» —añadió Caleb haciendo tintinear su cuchara en el tazón vacío.

—Yo también —dije.

Y corrimos hacia el granero, donde Melisa levantó la vista y nos miró fijamente. Al cabo de un momento, se inclinó para lamer la becerra que se encontraba echada sobre la paja.

—Sarah tiene razón —susurró Caleb—. A Melisa le gusta mucho su ternera.

Papá tenía razón. Su cara era tan blanca como la luna de invierno.

A veces, Sarah baila y hace bailar a papá, que se avergüenza y sonríe con una sonrisa como la de Caleb.

Otras veces, cuando papá se preocupa por la granja o por el tiempo, Sarah le coge de la mano y se lo lleva afuera.

—Ven, Jacob. Ven a pasear conmigo —le dice sonriendo.

Y él se va con ella.

Pasean por los campos y por el camino vecinal y Nick y Lottie les acompañan. Un día se persiguieron por entre las hileras de maíz y nosotros pudimos oír los sonidos de sus risas.

Papá regresó del pueblo y trajo cartas de Maine. Eran cartas de las tías de Sarah: Harriet, Mattie y Lou para todos nosotros. Atardecía. La lámpara de aceite iluminaba la cocina. Papá reparaba una brida. Caleb se apoyaba contra él. Yo leía mi carta en voz alta.

—«Hubo una tormenta —explica tía Mattie— y las tejas del tejado del porche fueron a parar al mar...»

—¿Qué quiere decir que fueron a parar al mar? —preguntó Caleb interrumpiéndome.

—Quiere decir que el viento las arrastró hasta el mar —dijo Sarah sonriendo.

Reemprendí la lectura.

—«Mi sombrero, el que tiene un pájaro, también fue a parar al mar.»

Caleb se subió en las rodillas de papá.

—¿Un pájaro de verdad? —exclamó.

—No, Caleb, disecado —dijo Sarah—. La tía Mattie echará de menos aquel sombrero.

—«Ha llovido cinco centímetros de agua según el vaso medidor...»

Dejé de leer y me quedé mirando fijamente las dos palabras: ha llovido. Miré a Sarah y ella miraba a su vez a papá, su rostro iluminado por la luz de la lámpara.

—¿Un vaso? —inquirió Caleb.

Intenté que Caleb no siguiera hablando. No quería que papá pensara en la lluvia.

—¿Y qué dice tu carta, Sarah? —preguntó papá.

Sarah se encogió de hombros.

—Habla del tiempo —dijo Sarah—, y de que William está pintando su barco.

—Léela, Sarah —rogó suavemente papá.

Sarah sacó la carta de su bolsillo y la abrió lentamente.

—«La hierba está verde —leyó—. Crece tan deprisa que la hemos tenido que cortar docenas de veces. Los árboles están exuberantes. Se presenta un otoño precioso. Venid todos a visitarnos. Pronto. Con mucho cariño, Mattie.»

Papá dio un beso a Caleb y se levantó. Se quedó de pie junto a la puerta mirando el color rojo de la puesta del sol.

—Habrá una puesta de sol preciosa —dijo con la voz queda—. Lo presiento.

Papá abrió la puerta y salió.

—¿Un vaso para medir el agua de la lluvia? —insistió Caleb pensando todavía en la carta de tía Mattie.

—Cállate, Caleb —dije.

Sarah no respondió a la pregunta de Caleb. Dejó la carta sobre la mesa y salió. Yo cogí la carta. Decía más de lo que Sarah había leído.

«Llueve casi todas las tardes —había escrito Mattie—. Refresca durante el día y nos deja unas noches deliciosas para dormir bien.»

Miré cómo Sarah posaba su mano sobre el brazo de papá mientras permanecía mirando hacia los campos resecos.

Mis ojos se llenaron de lágrimas.

Sabía que Sarah sufría con lo de la carta de Maine y las frases sobre la lluvia.

«No es culpa tuya que en Maine todo esté verde, Sarah», pensé. «No lo es.»

Cuando Caleb entró en casa, afuera estaba oscuro y la luna colgaba del cielo. Nick entró con él. Sarah levantó la vista de su libro.

—¡Caleb! Creí que te habías ido a la cama hace mucho rato —exclamó.

—Tenía algo que hacer para papá —respondió Caleb.

Sarah sonrió y puso su brazo alrededor del niño.

—Está bien, pero ahora tenéis que iros a la cama. Los dos. Es muy tarde.

Caleb bostezó y subió la escalera. Sarah salió al porche. Papá cruzó el patio desde el granero y de pronto se detuvo y miró a Sarah.

En uno de los postes de la valla había un pequeño vaso vacío a la luz de la luna, esperando a que llegaran las lluvias.

Cuando Sarah llegó, crecían las rosas junto a la valla y los campos estaban llenos de flores silvestres. Yo aprendía a flotar en el agua del estanque y Caleb correteaba por los campos verdes con las ovejas.

Ahora las nubes vienen y se van y el viento caluroso también. Pero falta la lluvia para las rosas. El polvo de los campos lo cubre todo y las hojas se caen «como si fueran polvo», había dicho Joshua cuando nos hizo la foto.

Como polvo.

Papá deslizaba cada día por el pozo una piedra atada a una cuerda para medir el nivel del agua.

—¿Sobrepasa la marca? —preguntó Sarah.

Papá hizo un gesto afirmativo.

—¿Por cuanto, Jacob?

Papá separó las manos unos treinta y cinco centímetros.

Subimos a la carreta para ir al pueblo.

—Pronto tendremos que subir el agua para los animales a cubos —dijo papá.

—Lo haremos entre todos —dijo Sarah.

—También tendremos que racionar nuestra propia agua —añadió papá mientras subía a la carreta.

—Pero esto ya lo estamos haciendo, Jacob.

Papá miró a Sarah.

—De ahora en adelante aún tendremos que consumir menos.

Sarah se quedó mirando fijamente a papá y montó a su vez en la carreta.

—Así lo haremos —exclamó con firmeza.

Nos dirigimos carretera abajo. Al cabo de un rato, Caleb asomó la cabeza entre Sarah y papá.

Papá le miró.

—¿Qué quieres, Caleb?

—He colocado el vaso en el poste —dijo.

Papá asintió con la cabeza pero no dijo nada.

—Para medir el agua cuando llueva —añadió Caleb.

—Gracias, hijo —dijo papá.

—De nada —respondió orgulloso.

Caleb se volvió a sentar en la parte trasera de la carreta y cruzó los brazos. Papá sonrió.

Durante todo el trayecto hasta llegar al pueblo «estuve» buscando algún atisbo de hierba verde, pero todo lo que alcanzaba mi vista eran campos de color pardo. Los campos de trigo estaban secos. En la distancia se veían unos buitres que volaban dibujando círculos. No había nada verde.

En el pueblo, las cosas discurrían lentamente, como si el calor se hubiera apoderado de todo. Papá estacionó la carreta bajo la sombra del granero y, sin prisas, descargó los últimos sacos de grano. Después, entró en la tienda. Dentro de la tienda de la señora Parkley se estaba fresco. Rose y Violet estaban allí. Rose sostenía a Tom, quien al verme sonrió. Maggie rodeaba con su brazo a Caroline que estaba llorando.

—¿Caroline? ¿Qué sucede, Maggie? —preguntó Sarah.

—Se les ha secado el pozo —dijo Maggie con voz queda.

—Caroline —dijo Sarah—. ¿Cómo podemos ayudarte?

—No se puede hacer nada —explicó Caroline secándose las lágrimas—. Ya hemos recogido todo para marcharnos.

—¿Os vais a marchar? —exclamó Sarah alarmada—. ¿A dónde vais a ir?

—Tienen familiares —dijo Maggie.

Caroline recogió sus paquetes y se dirigió hacia la puerta. De pronto dio media vuelta. Su rostro tenía una expresión muy triste.

—Joseph dice que volveremos —aseveró—. Pero no lo haremos. Yo sé que no lo haremos.

Y diciendo esto abrió la puerta y se marchó. Maggie se acercó a la puerta y miró hacia el exterior.

—Claro que podemos hacer algo —afirmó Sarah—. Podemos sacar agua a cubos, Maggie. Si es necesario trabajaremos más.

Sarah elevó el tono de su voz y Caleb se arrimó a mí.

—No se puede abandonarlo todo así —prosiguió

Sarah—. No se puede abandonar así todo lo que ha costado tanto trabajo de...

Maggie se dio media vuelta. Su rostro expresaba enfado.

—Tú no sabes lo duro que es esto, Sarah —dijo furiosa—. Nunca has experimentado este tipo de problema.

Sarah se quedó mirando fijamente a Maggie y luego a las demás personas que había en la tienda. Maggie se le acercó y cogiéndola de la mano abrió la puerta y la hizo salir a la calle. Yo observé cómo ambas cruzaban la calle polvorienta. Maggie pasó un brazo por el hombro de Sarah, pero siguieron caminando. Papá salió del granero y también se las quedó mirando. Matthew estaba junto a él.

—¿Está enfadada, Sarah? —preguntó Caleb.

Contemplé el rostro angustiado de Caleb.

—No —respondí—. Sarah no está enfadada.

Caleb suspiró aliviado.

—A Sarah le gusta hacer las cosas bien hechas —convino.

Seguimos mirando pero no hablamos y, en aquel momento, pasó la carreta de Joseph y Caroline cargada de sillas y ropa, de un armario y potes y sartenes atados en ristra. Sarah se volvió para mirarla y papá también lo hizo desde el otro lado de la calle. La carreta dobló una esquina y desapareció.

El viaje de regreso a casa transcurrió en silencio.
El viento soplaba y levantaba polvo a nuestro alrededor.

—¿Ha habido alguna novedad en el pueblo?
—preguntó Sarah con languidez.

—Alguna —dijo papá—. Y hay una buena noticia.

—¿Una buena noticia? ¿Cuál?

—Se acerca el día de tu cumpleaños. Mattie ha escrito para recordármelo.

—¡No me lo puedo creer!

—¡Sí, sí! Es verdad, me ha escrito —dijo papá—.
Así pues, ¿qué querrás? ¿Joyas, sedas, un viaje?

Sarah rió.

—¿Un viaje? Y... ¿adónde quieres que vaya?

—A algún lugar verde —dijo papá—. A algún lugar donde haga fresco.

Sarah miró a papá.

—¿Crees que me iría? —preguntó con voz suave.

Papá guardó silencio.

—¿Cantamos, Sarah? —preguntó Caleb.

—Hace demasiado calor —respondió Sarah—. Hace demasiado calor para cantar.

Papá hizo chasquear las riendas sobre los lomos de los caballos, pero éstos no aceleraron el paso.

—Hace demasiado calor incluso para los caballos —dijo papá.

Yo me recliné contra los sacos de grano vacíos y saqué mi diario pero lo dejé sobre mi regazo.

Caleb se acercó a mí.

—¿Por qué no escribes?

—No hay nada nuevo que escribir —dije alzando el cabello de mi nuca—. No sucede nada nuevo. Sólo hace calor, los campos están secos y no llueve.

—Lloverá —aseguró Caleb—. Papá lo dice.

Caleb señaló con el dedo.

—Aquél es el campo en donde crecían las flores silvestres cuando Sarah llegó, ¿recuerdas? Entonces el estanque estaba lleno de agua a rebosar. Fuimos a nadar y nos quedamos dormidos sobre la hierba.

Me quedé mirando fijamente a Caleb, luego hacia los campos recordando su antiguo verdor. Recordando también cuando los días eran frescos. Evocando cuando Sarah llegó en el tren y Caleb y yo temíamos que añorara el mar.

De pronto, Caleb se puso en pie y señaló hacia lontananza.

—¡Papá, fuego!

De la pradera del oeste surgía una columna de humo.

—Sujetaos bien —gritó papá.

Sarah se dejó caer sobre el suelo de la carreta y nosotros nos sujetamos con fuerza mientras los caballos galopaban en dirección al patio de casa. El fuego se aproximaba con rapidez.

Papá saltó del carro.

—¡Mojad los sacos del grano en el agua del estanque, de prisa!

Sarah y papá corrieron a apagar las llamas a golpes. Ahora se podía ver la hierba seca ardiendo. Caleb y yo mojamos los sacos. Después, corrimos hacia el fuego con nuestra ropa chorreando.

—¡Apartaos! —gritó papá—. Se está levantando el viento.

Nick y Lottie salieron corriendo del granero ladrando. Y, de pronto, Sarah emitió un chillido. Su falda estaba en llamas. Papá se volvió y tirándola al suelo apagó las llamas con un saco. Luego la ayudó a levantarse.

—¿Estás bien?

Cuando Sarah asintió con un gesto de cabeza, papá empezó a gritarle.

—¡Te he dicho que te apartaras! ¡Nunca escuchas lo que se te dice! ¡Te he dicho que soplaba el viento!

Caleb agarró mi mano.

Sarah volvió a golpear el fuego que ahora ya casi estaba apagado.

—¡Tú solo no puedes apagar el fuego! —exclamó Sarah—. ¡Deja de gritarme!

Después, únicamente quedó el humo y la hierba negra. Papá golpeó una pequeña llama. Luego retrocedió. Hubo un silencio. Nick y Lottie dejaron de ladrar.

—Ahora tendremos que vigilar, incluso durante las noches para que no se repitan los incendios —dijo papá resoplando.

Sarah y papá empezaron a caminar hacia la casa. Los cabellos de Sarah estaban sueltos, sus ropas, mojadas y llenas de hollín. Papá la miró, luego apartó la vista.

—Eres todo un espectáculo, ¿sabes? —dijo suavemente.

Sarah no respondió.

Papá la volvió a mirar y sus labios dibujaron una pequeña sonrisa.

—Estás... guapísima —le susurró.

Yo contuve la respiración. Nunca le había oído decir a papá algo así a Sarah.

Sarah siguió caminando. Después se volvió y lo miró.

—¿De verdad crees que me marcharía? —repitió—. ¿Tan sólo para ir a un lugar fresco? ¿A un lugar verde?

Esta vez fue papá el que guardó silencio. Ambos se alejaron de la hierba ennegrecida, pasaron por delante de los perros y por delante de nosotros como si no estuviéramos allí.

Y aquella noche, cuando papá salió para cerrar la puerta del granero, Sarah corrió tras él. Yo les vi desde mi ventana. Papá tomó a Sarah entre sus brazos y la besó y luego giraron y giraron envueltos en una nube de polvo.

Tengo unos sueños refrescantes. Son refrescantes y el cielo está del color que adquiere antes de llover; un color azul oscuro apacible. Antes de llover, las nubes tienen un ribete negro y la tierra desprende un olor penetrante y dulzón. Recuerdo este olor.

Los días todavía son calurosos.

Únicamente mis sueños son refrescantes.

Nos sentamos en el porche resguardados del terrible sol. Maggie se abanicaba y Sarah mezclaba la pasta de las galletas. Rose y Violet jugaban con una pelota y se la lanzaban a Tom. Caleb estaba sentado y escudriñaba el cielo en busca de nubes.

—A veces, este calor —dijo Maggie con cansancio—, me hace soñar con el lugar en donde vivía antes. También sueño con aquellas mañanas en las que dormía hasta muy tarde y sin un bebé que se despertara.

Sarah sonrió.

—¿Son sueños o ensoñaciones? —preguntó Sarah.

—¿Qué son ensoñaciones? —preguntó Caleb.

Sarah se apoyó en el respaldo de la silla y miró a Tom que gateaba alegremente por la tierra.

—A veces, no importa donde estés, piensas en algo dulce y refrescante. Quizá se trata de un lugar concreto y, de pronto, el lugar aparece ante tus ojos. O quizás es algo que deseas... y está tan cerca que puedes tocarlo, olerlo, oír el ruido que hace...

De pronto, Sarah alzó la cabeza como si le hubieran descubierto los pensamientos.

—Está soñando con Maine —me susurró Caleb.

«No, no sueña con Maine», pensé. «No está pensando en Maine. Está pensando en otra cosa.»

Tom cogió la pelota y la levantó sobre su cabeza. Sarah sonrió.

—Yo también sueño —dijo Caleb.

—¿Son agradables tus sueños? —preguntó Sarah.

—Sueño con lluvia —respondió Caleb—. ¿Tú no? ¿Tú no sueñas con lluvia?

Sarah tomó en brazos a Caleb y lo sentó en su regazo.

—Sí, Caleb. Yo también sueño con lluvia.

—Muy bien —exclamó Caleb—. Así se hará realidad.

Pero la lluvia únicamente estaba en nuestros sueños. El viento soplaba un día tras otro y levantaba el polvo que penetraba en la casa cubriendo los muebles y metiéndose en nuestra comida, en nuestras ropas y en nuestras cabezas. La tierra se secó aún más y nosotros dejamos de darnos baños. Cada día llenábamos grandes barriles en el río para dar de beber a los animales.

Entonces, sucedió lo peor.

Nos fuimos al río con la carreta cargada de barriles vacíos. Las nubes colgaban de lo alto del cielo. Maggie estaba sentada junto a la carreta en la orilla del río y Matthew, subido en lo alto de la escarpa, miraba hacia abajo.

—Hola, Maggie —dijo Sarah.

Pero Maggie no respondió. Ni siquiera nos miró.

Nosotros nos apeamos de la carreta. El río estaba casi seco. Únicamente se veía un pequeño hilillo de agua correr sobre la roja tierra de la pradera.

Todos nos quedamos en silencio.

—¿Qué vamos a hacer? —susurró Sarah.

—Tendremos que ir más lejos a por agua —dijo papá.

—Piensa en ello, Jacob —repuso Matthew—. Esto representa un viaje de tres o cuatro días. Y cuando lleguemos a casa ¿qué haremos? ¿Traeremos agua para la cosecha? No hay cosecha.

Papá miró a Matthew y después desvió la vista hacia los campos.

Matthew suspiró.

—Creo que lo que Matthew quiere decir es que están pensando en marcharse —adujo papá con voz apagada.

Sarah se volvió a mirar a Maggie que permanecía sentada.

—¿Marcharse? —dijo Sarah con una voz áspera y seca como el mismo campo.

Maggie se levantó y se dirigió a la parte trasera de la carreta. Sarah la siguió. Yo me acerqué y permanecí semioculta. Entonces vi cómo Sarah alargaba la mano para tocar a Maggie, pero ésta se apartó como si aquel gesto consolador de Sarah fuera demasiado duro de aceptar.

Y entonces oí unas palabras que ojalá no hubiera oído.

—¡Odio esta tierra! —exclamó Sarah—. Yo no tengo por qué quererla como la quieren Matthew y Jacob. Ellos se lo dan todo, ¡todo! y ella no les da nada a cambio.

—Ellos no conocen otro lugar, Sarah —dijo Maggie.

Cerré los ojos pero no pude borrar las palabras que acababa de pronunciar Sarah.

—Una vez —continuó Sarah enfadada—, Jacob dijo que su nombre estaba grabado en esta tierra, pero el mío ¡no lo está!

—Tú eres como la alondra de las praderas, ¿sabes? —dijo Maggie—, que canta su canción desde las alturas para advertir de su presencia a todos los demás pájaros antes de descender sobre la tierra para construir su nido. Pero tú has descendido sobre la tierra, Sarah.

Entonces se hizo un silencio y yo abrí los ojos.

—Si no quieres, no tienes por qué amar a esta tierra —añadió luego Maggie—, pero si no la amas, no sobrevivirás. Jacob tiene razón. Para vivir aquí hay que grabar tu nombre en la tierra.

Sarah permaneció callada. Arrancó un puñado de hierba seca y la desmenuzó entre sus dedos. Luego, se alejó un trecho hacia la pradera de color pardo, que se extendía hasta el horizonte, y permaneció allí, sola, hasta que papá fue a decirle que era la hora de regresar a casa.

Recuerdo que colgamos del techo flores silvestres para que estuvieran secas en invierno. Sarah nos cortó el cabello y lo esparció por el campo para que los pájaros pudieran utilizarlo para hacer sus nidos.

Y cantamos.

Cuando Sarah nos leía libros, incluso sus palabras parecían una canción.

Sarah y yo nos sentamos en la cocina. Con el calor, el aire era denso y no corría ni una pizca de brisa. Hacía varios días que no soplaba el viento. Sarah escribía una carta a las tías de Maine. Yo escribía en mi diario.

—¿Te acuerdas de las flores silvestres? —le pregunté—, ¿y de las rosas que crecían junto a la valla? ¿Recuerdas cómo cantábamos?

Sarah levantó la cabeza.

—Sí —dijo alargando la mano y acariciando mi cabello—, lo recuerdo muy bien.

—¡Papá, papá! ¡Un coyote! —gritó Caleb desde el exterior.

Sarah y yo corrimos hacia la puerta. Junto a la valla del corral había un coyote muy flaco que estaba bebiendo agua del cubo.

—¡Matará a Rayo de Luna! —chilló Caleb.

Papá se acercó desde el campo y dio un paso hacia el coyote. Luego, giró sobre sus talones y entró en la casa corriendo. Al poco rato volvió a salir con el rifle en la mano.

—¡Jacob! ¿Qué vas a hacer? —chilló Sarah.

—Entrad en casa, Sarah —dijo papá.

Y diciendo esto apuntó con el rifle al coyote. Entonces, Sarah agarró el arma por el cañón y gritó:

—¡No! ¡No! ¡No lo hagas, Jacob!

—¡Suelta! —gritó papá intentando apartarla.

Al oír el sonido de las voces el coyote levantó la vista y acto seguido se alejó lentamente hacia los campos, deteniéndose una vez para mirar hacia atrás. Después desapareció entre la hierba.

Sarah se echó a llorar.

—Sólo quería beber, sólo quería beber agua, Jacob.

Las lágrimas se deslizaban por sus mejillas. Caleb trepó por la valla junto al corral y se acercó a mí.

Papá cogió a Sarah por el brazo y se volvió hacia Caleb.

—Entra los animales en el corral, Caleb —dijo.

Caleb se dirigió al corral.

Sarah empezó a sollozar.

—Agua, sólo quería agua. Igual que nosotros...

Y diciendo esto se dejó caer al suelo y, cubriendo su rostro con las manos, rompió a llorar de nuevo.

—Trae a Sarah un poco de agua, Anna —dijo

papá.

Y diciendo esto, se quitó el sombrero y se sentó en el suelo junto a Sarah.

—¡Anna! —añadió secamente—. ¡Ahora mismo!

Me apresuré hacia el barril y saqué un tazón de agua. Papá puso sus brazos alrededor de Sarah.

—Sarah, Sarah —dijo con voz queda—. No sucede nada, todo está bien. Todo irá bien.

Pero Sarah lloró y lloró y, cuando papá se volvió hacia mí y me miró, supe que las cosas no andaban nada bien.

La expresión en sus ojos era de angustia.

Aquella noche, cuando regresé a casa desde el granero para irme a la cama, observé que algo había desaparecido de la valla. Algo había desaparecido como las rosas de Sarah. El vaso de Caleb ya no estaba allí.

—¡Ya llegan! —exclamó Caleb desde la ventana del piso de arriba.

Vestía una camisa limpia y su pelo estaba bien peinado. Yo llevaba el mismo vestido que me puse el día de la boda de papá y Sarah. Las carretas entraban en el patio.

—¿Tú crees que esto hará feliz a Sarah? —me preguntó Caleb preocupado.

Contemplé cómo iban llegando más carretas. Vi a Maggie vestida con un traje color de rosa y un sombrero de paja.

—Claro que sí —respondí—. Naturalmente que la hará feliz.

—¿Anna? ¿Caleb? ¿Qué sucede? —inquirió Sarah desde la puerta.

Ambos nos volvimos en silencio. Sarah se aproximó a la ventana para mirar al exterior, pero yo la cogí de la mano y la arrastré hacia el pasillo. Papá miró a Sarah desde el pie de la escalera. Llevaba un chaleco y su cabello aparecía peinado, muy liso, hacia atrás.

Le sonrió.

—Feliz cumpleaños —dijo.

—¡Tenemos invitados y regalos para ti! —exclamó Caleb emocionado.

—Pero si no estoy arreglada —exclamó Sarah.

—Pues ve a arreglarte —dijo papá cariñosamente.

En el exterior habían instalado una mesa, a la sombra de la casa, llena de comida y de limonada. Maggie, Matthew, Rose, Violet y el bebé estaban allí. También habían venido todos los vecinos. Papá llevó a la mesa algo cubierto por un trapo.

—¿Qué es? —preguntó Maggie.

—Ya lo verás —dijo papá.

—¡Aquí viene! —precisó alguien.

Todos nos volvimos y Sarah apareció en el porche vestida con su traje blanco.

—Feliz cumpleaños, Sarah —dijo papá.

—Feliz cumpleaños —gritaron los demás.

Al vernos a todos, Sarah sonrió. Todo el mundo iba limpio y bien vestido como si el viento de las praderas hubiera dejado de cubrirlo todo de polvo.

—Esto es un regalo de parte de las tías —indicó papá.

Y diciendo esto, retiró el trapo y apareció una gramola. Yo le entregué un disco y papá lo hizo girar.

De pronto, el patio se llenó de música. Sarah estaba pasmada mirando fijamente la gramola. Papá se le acercó y le tendió la mano. Ella sonrió y bajó la escalera, y ambos empezaron a bailar. Maggie y Matthew también se pusieron a bailar, con el bebé entre ambos. Acto seguido, todos bailaron sobre el suelo de tierra del patio, bajo una luz amarillenta como la de las fotos antiguas. Sarah apoyó su cabeza en el hombro de papá y Caleb me sonrió.

Por un rato, mientras el sol se ponía y seguían bailando, todos olvidaron la sequía. Durante un tiempo, fueron felices otra vez. Incluso Sarah. Incluso papá.

La última carreta se marchó cuando la luz de la luna ya brillaba en el cielo. Sarah y papá dijeron adiós con la mano. Caleb se había dormido debajo de la mesa y papá lo llevó en brazos a la cama. Sarah entró la gramola en casa.

—Tengo un regalo para ti, Sarah —dije, entregándole un pequeño libro.

—Anna, ¿de qué se trata? —preguntó Sarah.

—Es un libro que he empezado a escribir. Es sobre ti. Sobre nuestra familia —concreté.

Sarah se sentó y, abriendo el libro, lo empezó a leer.

—Cuando mi madre...

Se detuvo y me miró. Yo le sonreí y ella prosiguió la lectura. Papá estaba de pie escuchando junto a la rejilla de la puerta.

—«Cuando mi madre Sarah llegó, llegó en tren. Yo no sabía entonces que la querría tanto, pero Caleb sí que lo sabía. Papá tampoco lo sabía pero ahora sí que la quiere. Los he visto besarse.»

Sarah me sonrió.

—«Y he visto la forma en que la mira y cómo le acaricia el cabello. Mi madre Sarah no ama la pradera. Lo intenta pero no puede dejar de pensar en lo que conoció anteriormente.»

Sarah cerró el libro y lo apretó contra su pecho.

—¿Te gusta? —le pregunté.

—Sí, me gusta muchísimo —respondió Sarah dulcemente, abrazándome.

Ví cómo papá nos observaba.

Sarah se levantó y se acercó a la puerta. Levantó la mano y la apoyó en la rejilla. Papá también, y de esta forma ambos se tocaron a través de la rejilla.

—Casi me había olvidado de la música —susurró Sarah.

Después miró hacia el poste de la valla.

—¿Dónde está el vaso de Caleb, Jacob?

Papá no respondió.

—Ponlo otra vez, Jacob —dijo Sarah—. Cuando llueva debe estar en su sitio.

Papá se quedó mirando fijamente a Sarah y, más tarde, aquella noche, cuando me fui a la cama eché una ojeada y vi el vaso allí, limpio y reluciente sobre el poste de la valla.

Al día siguiente, después de la fiesta, de la música y el baile, el pozo de Maggie y Matthew amaneció seco.

Vinieron a nuestra casa en la carreta para despedirse y yo casi no pude mirar a Sarah.

La carreta estaba cargada de muebles y ropa. Rose y Violet iban sentadas detrás. El bebé sobre el regazo de Maggie.

—Siento dejarte, Jacob —dijo Matthew.

—No te preocupes, Matthew —repuso papá.

—Os añoraré —le dijo Sarah a Maggie.

Su expresión era tensa y reflejaba todos sus sentimientos. Sarah alargó la mano para tocar al bebé.

—Volveremos —afirmó Maggie.

Unas lágrimas rodaban por sus mejillas.

—Volveremos —repitió.

Cuando la carreta se alejó del patio, el bebé empezó a llorar. Sarah se volvió para mirar a papá. Sus ojos también estaban llenos de lágrimas.

—Volverán —dijo papá entrecerrando los ojos por la luz del sol, mirando la nube de polvo que envolvía a la carreta, que se alejaba por la carretera.

Aquella noche soñé con rosas, campos verdes y agua. Un vaso de agua sobre el poste de la valla, estanques llenos de agua para nadar, y vi a Caleb lanzando un chorro de agua por la boca como las ballenas. Sarah reía y nos salpicaba.

El estallido de un trueno me despertó. Lottie y Nick ladraron cuando un rayo iluminó el cielo. Me di media vuelta en la cama para seguir durmiendo pero entonces me llamó la atención la voz de papá que provenía de abajo.

—¡Sarah, Sarah, fuego!

Me levanté de un salto y me asomé a la ventana. El campo más próximo al granero estaba ardiendo. Las llamas trepaban por la valla y estaban cerca del corral. Corrí escalera abajo y salí al porche. Caleb fue detrás de mí. Sarah, en camisón y con el cabello que le caía por los hombros, corría hacia el corral con unos sacos mojados. Ella y papá empezaron a golpear las llamas con los sacos. Papá se detuvo para soltar a los caballos que estaban muy asustados.

—Ve a por las vacas —le gritó a Sarah.

Sarah corrió hacia el corral y sacó las vacas al patio.

—¡Soo! ¡Sooo! —gritó.

Caleb corrió a buscar a Rayo de Luna.

—Ve al porche y quédate allí —le gritó Sarah mientras Caleb apartaba a Rayo de Luna del corral.

Yo rodeé a Caleb con mi brazo y noté que estaba temblando.

De pronto, Sarah soltó un grito al ver que el fuego prendía en la paja que había junto al corral.

—¡Agua! —gritó papá—. ¡Traed cubos de agua!

Sarah corrió hacia el barril y llenando un cubo de agua regresó junto a papá. El fuego crecía por momentos. Papá le arrebató el cubo y entonces Sarah le detuvo. Yo no pude oír lo que le decía pero supe inmediatamente de qué se trataba. Aquél era el último barril de agua. Papá se detuvo y se quedó mirando cómo las llamas se apoderaban de las paredes de madera reseca del corral y después del tejado. Miles de chispas volaban por los aires. Entonces se derrumbó una parte del tejado y papá y Sarah tuvieron que retroceder. Sarah pasó el brazo por el hombro de papá mientras ambos contemplaban cómo ardía el corral. Permanecieron allí un rato. Papá se volvió una vez para apartar su mirada del fuego y pude ver sus ojos brillantes y enrojecidos por el fuego.

Nunca había visto el rostro de mi padre tan triste.

Por la mañana salió el sol como lo hace siempre, pero todo había cambiado. El corral había desaparecido. Únicamente quedaban en pie unos cuantos troncos ennegrecidos.

Las vacas deambulaban por el patio. Las ovejas se habían dirigido al campo de maíz en busca de hierba verde. Permanecí junto a la ventana y observé cómo papá y Sarah hablaban en el tendedero. Vi cómo ella negaba algo con la cabeza. También vi cómo papá le cogía de la mano. Ella volvió a negar con un gesto de cabeza. Entonces papá la rodeó con sus brazos.

Sabía que tendríamos que marcharnos.

Nos lo comunicaron a la hora de cenar.

—¿A Maine? —preguntó Caleb—. ¿Tú también vendrás, papá?

Papá negó con la cabeza y miró a Sarah.

—Yo debo quedarme aquí —dijo con la voz apagada—. No puedo abandonar los campos.

—¿Podrán venir Delfi y los perros? —preguntó Caleb.

Papá volvió a decir no con la cabeza.

—Aquí serán más felices —dijo—. Yo los cuidaré.

—¿Qué harás cuando nosotros nos hayamos marchado, papá? —preguntó Caleb.

—Os añoraré —le respondió papá suavemente cogiéndole la mano.

Después me miró a mí y, sabiendo que si hablaba me echaría a llorar, también me cogió la mano.

—¿Y qué será de nosotros? —pregunté al cabo de unos instantes.

Papá miró a Sarah y sus palabras se dirigieron a ella.

—Nos escribiremos cartas —dijo en voz muy baja—. Como antes, ¿os acordáis?

10

Viajamos en tren cruzando las resecas praderas durante tres días y tres noches. Adelantamos carretas que transportaban los enseres de una casa entera. Pasamos por pueblos y ciudades. Nos dormimos con el traqueteo del tren y nos despertamos con el sol rojizo. Caleb estaba muy excitado mirando por la ventanilla. Sarah se sentía cansada y triste. A veces yo le leía mi diario.

«Cuando Sarah llegó llevaba una boina amarilla», leí. «Nos trajo a Delfi. El maíz estaba alto y el trigo amarillo. Nos echábamos en los campos junto a las ovejas y Sarah nos enseñó a nadar.

»El día que se casaron, mi madre Sarah llevaba un vestido tenue como la niebla. También llevaba un velo. Y papá lloró...»

Sarah se volvió hacia mí.

—¿De verdad? —preguntó en voz baja—. ¿Lloró?

Yo sonreí y Sarah cerró los ojos. La cubrí con un chal.

Pasamos por un puente. El río brillaba al sol.

Caleb se apartó de la ventanilla.

—¿Sarah?

Sarah abrió los ojos.

—¿Es éste el camino que seguiste para ir a nuestra casa?

Sarah miró hacia los campos.

—Sí, Caleb —dijo suavemente—. Vine por este camino.

En Maine todo estaba verde. Cuando nos apeamos del tren, Sarah se quedó muy quieta; observaba a su alrededor, la estación, los árboles y la gente.

—¿Sarah? —dije.

—Estoy bien, Anna —me respondió—. Es simplemente lo que tú escribiste en tu diario. He regresado al lugar que conocí.

—¡Sarah! ¡Sarah Wheaton!

Un hombre agitó la mano al ver a Sarah. Llevaba un chaleco cruzado por una cadena de reloj.

Sarah sonrió.

—¡Chub! —exclamó—. ¡Todavía estás por aquí!

El hombre abrazó a Sarah.

—¿Dónde quieres que esté? —dijo—. A no ser que esté muerto. ¿Vendrán a recibirte las gallinas?

Sarah rió.

—No creo, y ahora me llamo Sarah Witting. Éstos son mis hijos, Anna y Caleb. ¿Nos puedes llevar?

Subimos al coche de Chub, completamente descubierto y adornado por los lados con cobre brillante y madera.

—No he subido nunca a un coche —susurró Caleb.

—Pues ya es hora —exclamó Chub—. ¿Quieres conducir?

—No —respondió Caleb alarmado.

Luego miró a Chub y dijo sonriendo:

—No les diré a las tías que las llamas gallinas.

Chub se echó a reír. Puso el coche en marcha. Mientras nos dirigíamos hacia la casa en donde había vivido Sarah, pasamos junto a prados muy verdes con árboles frondosos y junto a jardines llenos de flores. Y entonces vimos el mar.

—¡Cuánta agua! —exclamó Caleb, ya ante la casa de las tías y corriendo jardín abajo. Sarah y yo nos quedamos contemplando el mar, los acantilados de la costa, los pájaros que sobrevolaban por encima de nuestras cabezas, las barcas de pesca con sus velas blancas como nubes.

—Venid —dijo Sarah al cabo de un momento—. Venid a conocer a las tías.

Recorrimos el jardín hasta la gran casa, que tenía postigos en las ventanas. En el jardín abundaban unas flores que yo jamás había visto.

—¿Les gustaremos? —preguntó Caleb.

—Les encantaréis —dijo Sarah riendo—. Os llenarán de besos.

Subimos los peldaños del gran porche. Sarah alargó la mano para abrir la puerta, pero ésta se abrió de golpe y apareció una mujer vestida con un traje de seda y descalza. Al vernos abrió los ojos desmesuradamente y se llevó la mano a la boca.

Sarah sonrió.

—Hola, Mattie —dijo suavemente—. Ya estamos en casa.

—Me han encantado tus cartas y los dibujos que me hacías —aseguró la tía Mattie besando a Sarah, a Caleb y luego a mí.

Luego besó a Sarah de nuevo.

La tía Harriet, que era muy alta y llevaba unas gafas con la montura de metal y que también iba descalza, intentó hacernos comer toda la comida que había en la cocina.

—Estos pastelillos los he hecho yo, Caleb, Anna —dijo—. ¿Estáis cansados? También he hecho pan. ¿Queréis dormir una siesta? ¿Queréis daros un baño?

—¡Harriet, déjalos tranquilos! —intervino la tía Mattie.

Sarah se acercó a nosotros.

—¿Veis? —dijo—. ¿Qué os había dicho?

Y, después, apareció por la puerta la tía Lou con su perro, vestida con un *overall* y botas altas.

70   —¡Lou! —exclamó Sarah.

La tía Lou abrazó a Sarah y después a mí.

—¡Cuidado con esta bestia! —advirtió la tía Harriet.

—Esta bestia tiene un nombre, se llama Brutus —dijo la tía Lou.

—Lou trabaja con animales —aclaró la tía Harriet.

—Lou trabaja con un veterinario —dijo la tía Lou, besando dos veces a Caleb—. A Harriet le gustaría que fuera a trabajar vestida con sedas y perlas.

Brutus saltó sobre las rodillas de Caleb.

—¡Oh! ¡Sal de aquí! —le riñó la tía Harriet.

—Yo les gusto a los perros —aseguró Caleb sonriendo—. En casa tenemos dos.

—Esto es lo que necesitábamos, un niño —dijo la tía Lou abrazando a Caleb—. Tenemos que conseguir uno.

—Parece que tenemos dos —dijo la tía Mattie dulcemente.

—Sarah —inquirió la tía Harriet—. ¿Jacob también vendrá?

Sarah miró hacia la ventana.

—No —dijo con voz queda—. Jacob no vendrá.

—Papá está en casa —dije.

Sin saber por qué, al oír mis propias palabras fue peor y me eché a llorar.

Sarah me rodeó con sus brazos y lloré aún más.

—Papá se ha tenido que quedar en casa.

71

En Maine todo está verde y hay mucha gente que ríe y habla. La marea sube y baja. La luna parece salir del agua. A Sarah le encanta estar aquí. Lo último que hace cada noche es andar por la orilla del mar y, a primera hora de la mañana, vuelve a estar allí. Ahora comprendo por qué añoraba tanto su casa. Yo añoro la mía. Añoro a Lottie y a Nick y el campo y el inmenso cielo.

También echo de menos a papá.

11

Caleb tardó más tiempo en añorar a papá. Nadaba cada día en el agua fría. Cuando salía del agua temblando y castañeteando los dientes, la tía Lou lo secaba y le envolvía en una manta. Iba a pescar con la tía Lou y con William, el hermano de Sarah, quien al ver a Sarah estuvo tan contento que corrió hacia ella por el jardín y, estrechándola entre sus brazos, se puso a dar vueltas como un molino. Me recordó a papá y a Sarah por la noche dando vueltas y más vueltas en el viento de la pradera.

La esposa de William, Meg, también abrazó a Sarah.

—¡Hace dos años!... —dijo—. ¡Dos años enteros que no te veíamos!

Dos años. Miré a Sarah y me pregunté si estaría pensando lo mismo que yo. ¿Tardaríamos dos años en volver a ver a papá?

—William se parece a ti, Sarah —dijo Caleb.

—Sencilla y alta, ya os lo dije —afirmó Sarah—. ¿Lo recordáis?

—¿Habéis oído lo que han dicho? —dijo la tía Harriet mientras merendábamos, sentados en la hierba sobre una manta, junto al mar—. ¡Delfi va a tener gatitos!

—El padre es de color naranja —dijo Caleb haciendo reír a las tías.

—¡Delfi! —exclamó William—. Recuerdo que era una gata muy independiente. Tan independiente como Sarah.

William pasó su brazo por el hombro de Sarah. El sol surgió de detrás de unas nubes, pero no hacía mucho calor. Se estaba fresco y todo era verde y precioso. Sin embargo, no me sentía feliz. Pensaba en papá, solo en casa reconstruyendo el granero bajo un sol abrasador.

Sarah me miró mientras las tías hablaban y reían. Alargó la mano para tocarme.

—Todo va bien, Anna —dijo en voz baja—. Todo va bien.

Pero yo sabía que aquello no era verdad.

A la semana siguiente llegaron cartas de papá. Sarah, Caleb, William y yo nos fuimos a remar por la bahía en el bote de William, y Caleb leyó su carta.

«Querido Caleb: Rayo de Luna está creciendo

mucho. Hemos empezado a reconstruir el granero. Sigue sin llover, pero ayer Delfi tuvo cuatro gatitos.»

—¡Cuatro! —exclamó William.

Sarah sonrió.

«Tres son de color gris como Delfi», siguió leyendo Caleb. «Pero uno es de color naranja. Nick y Lottie os añoran. Cada día se sientan a mirar hacia la carretera esperando que regreséis a casa. Te quiero mucho. Dale un beso a Sarah de mi parte. Con mucho cariño, Papá.»

William remó hasta la orilla y subimos la barca a la playa.

—Papá también nos añora —le dije a Sarah—. Cuando afirma que Nick y Lottie nos añoran... ¿Recuerdas que una vez dijiste que las cartas de papá estaban llenas de mensajes entre líneas?

—Sí —repuso Sarah.

Me incliné hacia ella y la besé.

—Este beso es de parte de papá —dije.

William también se inclinó para besar a Sarah.

—Y éste es de mi parte —dijo.

«Querida Anna: Esto sin vosotros está muy silencioso. Echo de menos vuestras voces y las canciones de Sarah. A veces, si cierro los ojos creo que puedo oírlas. Con todo mi cariño, Papá.»

Las tías interpretaron una melodía. Harriet tocó la

flauta, que de vez en cuando chirriaba. La tía Lou tocaba el piano descalza y Brutus miraba cómo apretaba el pedal con el pie. La tía Mattie bailaba, cubierta con un chal, y su expresión seria hacía reír a Caleb.

Sarah dormía la siesta y por las mañanas se levantaba tarde.

Chub se llevó a Sarah en el coche una tarde. La tía Lou dijo que había ido al médico.

Aquella noche le pregunté:

—¿Estás enferma, Sarah?

Me sonrió. Primero con una pequeña sonrisa, luego con una amplia sonrisa.

—No, Anna. No estoy enferma.

Estaba en la cama con sus cabellos largos sueltos.

—Léeme otra vez la carta de papá —dijo.

Cuando así lo hice aún sonrió más.

—¿Sarah?

Levantamos la vista. Caleb estaba en la puerta. Iba en pijama y sus cabellos aparecían revueltos.

—¿Qué sucede, Caleb? —preguntó Sarah.

—He tenido un sueño —-dijo en voz queda—. He soñado con papá.

—Esto es un bonito sueño —repuso Sarah levantando la sábana para que Caleb se metiera en su cama.

—He soñado que papá nos buscaba por todas partes y no podía encontrarnos —dijo Caleb.

—¡Oh, Caleb! —exclamó Sarah abrazándolo—. Tu papá sabe muy bien dónde estamos.

Caleb cogió la fotografía de familia que Sarah tenía en su mesita de noche.

—Antes solía soñar con la lluvia, ¿recuerdas? —dijo.

Sarah asintió con la cabeza.

—Ahora sueño con papá.

Se hizo el silencio en la habitación y después Caleb miró a Sarah.

—¿Es ésta nuestra nueva casa, Sarah? —preguntó con voz queda.

Sarah no respondió. Puso sus brazos alrededor de Caleb y luego me miró a mí. Después empezó a cantar muy suavemente.

No hables mi bebé,
no digas nada.
Papá te va a comprar un ruiseñor.

Pensé en Joshua, el fotógrafo que nos contó que su abuelo había tenido que abandonar la pradera.

—¿Regresó? —le había preguntado Caleb.

No, nunca regresó.

Aquella noche tuve el mismo sueño que Caleb. Podía oír las canciones de Sarah y nuestras voces, y papá nos buscaba por los campos, por la casa y el granero. Pero nosotros no estábamos allí.

Nos despertó un sonido nuevo. Era un sonido que no había oído desde hacía muchos meses. Corrí hacia la ventana. Llovía.

—¡Anna!

Me volví, y Caleb y yo nos sonreímos el uno al otro. Nos vestimos a toda prisa y corrimos escalera abajo hacia el porche. La lluvia caía llenando los canalones del tejado que enviaban pequeños riachuelos hacia el camino de entrada a la casa. La atmósfera desprendía un olor dulzón. Caleb extendió sus brazos y, vestido, corrió por el jardín bajo la lluvia. Yo me puse a reír y corrí tras él. Saltamos y corrimos sintiendo el agua fresca deslizarse por nuestros rostros. Miramos hacia la casa y vimos a Sarah que estaba de pie en el porche. Sonreía. Lentamente descendió los escalones y levantó la cara hacia la lluvia. Después corrió hacia nosotros, nos cogió de la mano y nos pusimos a bailar. Las tías salieron al porche para observarnos.

—¡Llueve! —gritó Sarah—. Hace tanto tiempo que no veía llover...

William también se acercó, cubierto con un impermeable amarillo, para bailar con nosotros hasta que las tías nos hicieron entrar en casa y nos secaron con unas toallas. Sentimos ver salir el sol.

—Recuerdo que cuando eras pequeña —le dijo William a Sarah—, siempre estabas saltando y corriendo y subiéndote a los árboles o trepando por las rocas. No te quedabas quieta ni un minuto.

De pronto, Sarah miró a su hermano y le dijo:

—¿Recuerdas aquella canción que cantaba papá acerca de una alondra?

William sonrió.

—Era una poesía. Únicamente recuerdo la primera estrofa: «Sarah canta como una alondra». Papá decía que tú nunca descenderías sobre la tierra.

Sarah dejó vagar la mirada en la lejanía del mar y yo supe que estaba pensando en las palabras que Maggie le había dicho un día en la reseca pradera. Aquellas palabras que yo oí: «Eres como la alondra de las praderas, Sarah... nunca descenderás sobre la tierra».

Aquella noche escribí una carta a papá.

«Querido papá: Caleb y yo te añoramos mucho. Sarah también. Estamos todos bien. El otro día fuimos a pescar y a remar en la barca de William. A veces, las focas sacan la cabeza fuera del agua para observarnos. El mar te encantaría. Escribe pronto. Muchos besos, Anna.

P.D. Le di un beso de tu parte a Sarah.»

Las tías tomaron el té a la luz de la luna. La luz se extendía sobre el mar como una manta.

—¿Te has casado alguna vez, tía Harriet? —preguntó Caleb.

—¡Caleb! Estas cosas no se preguntan. Son asuntos privados —exclamé.

La tía Harriet sonrió y sentó a Caleb en su regazo.

—Es posible que sean asuntos privados pero, como todo, forma parte de la historia. No, nunca estuve casada. Me faltó poco pero no llegué a casarme. No conocí a un hombre tan gallardo como vuestro padre.

—¿Qué quiere decir gallardo? —preguntó Caleb.

—Esto que estoy haciendo yo —dijo la tía Lou mientras descendía por el césped en dirección al mar envuelta en un albornoz—. Voy gallardamente a meterme en el agua. ¿Quieres venir conmigo? Voy a bañarme en cueros.

—¿Quieres decir que vas a bañarte completamente desnuda? —preguntó Caleb.

Caleb siguió a la tía Lou hacia la orilla. Poco después se oyó su voz:

—¡Anna! ¡Ven! ¡A la luz de la luna la tía parece un pez enorme!

La tía Harriet y la tía Mattie se echaron a reír. La tía Mattie se rió tanto que vertió su té.

—Aquí todo el mundo se baña en cueros —dijo Sarah suavemente, después de un corto silencio, como si estuviera recordando el pasado.

Yo pensé en la laguna de nuestra casa cuando la luna brillaba y parecía que estaba tan próxima que podía tocarla. En la lejanía se oyó el grito de un somorgujo. La campana de la boya emitió un sonido triste y solitario.

Aquella noche, bajo la misma luna que contemplaba papá, vimos unos fuegos artificiales que provenían de la lejana ciudad. El cielo se iluminó de salpicaduras de color rojo, plata y verde.

—Son como los dientes de león que florecen en las praderas, durante el verano —le dije a Sarah.

Sarah me apretó la mano.

—¿Crees que habrá terminado la sequía? —preguntó Caleb reclinándose sobre Sarah.

—No. Todavía no, Caleb —dijo Sarah—. Es posible que dure aún mucho tiempo.

Su voz sonó apagada. Sus ojos oscuros expresaban tristeza.

Me miró.

Mucho tiempo. Estas palabras no me gustaron. *Mucho tiempo*.

83

13

Llegaron más cartas de papá. Los perros nos añoraban. Papá también. Nuestros días transcurrían con los campos verdes a nuestro alrededor. Campos verdes y el mar. La lluvia debiera habernos alegrado pero no fue así. Nos hizo pensar en papá. Ahora, hasta Caleb estaba triste. Un día, Sarah le enseñó la hierba lombriguera que crecía en Maine, pero en esta ocasión no le hizo reír como otras veces.

Por las noches, Caleb tenía pesadillas. Yo le oía y también podía oír a Sarah cantarle para que se volviera a dormir.

Sarah escribía a papá todos los días y por las noches leía las cartas de papá una y otra vez mientras la lámpara de aceite vertía su luz en el pasillo.

«Queridos Anna, Caleb y Sarah: Ya no hace tanto calor. Por las noches refresca y los perros vuelven a dormir en mi habitación. A veces, Lottie intenta

84

subir a mi cama. Os quiero mucho a todos. Besos. Jacob.»

Y entonces, un día, a la hora de comer, Caleb dijo algo que hizo que mi corazón diera un brinco.

—Casi es tiempo de volver al colegio —dijo.

El otoño estaba a punto de llegar. El aire de las mañanas era fresco y cortante como si estuviera a punto de helar. Yo no había pensado ni en el colegio ni en el otoño. Pensaba en el verano, en papá y en el olor dulzón de la hierba de las praderas.

Las tías miraron a Sarah. Después a mí y a Caleb.

—¿Te gustaría ir a visitar la escuela de aquí, Caleb? —dijo la tía Harriet.

—Es una escuela maravillosa, Caleb —dijo Sarah con voz suave.

«Después», suspiró.

—Yo fui a esta escuela.

Caleb se levantó y nos miró a todos. Cuidadosamente empujó la silla hacia la mesa.

—No —dijo—. No quiero ir al colegio de aquí. Os quiero mucho pero no quiero vivir aquí.

Caleb se dirigió a la puerta y la abrió.

—Quiero ir a mi casa —dijo en voz apagada.

Después miró a Sarah.

—¿Tú no? —le preguntó—. ¿Tú no quieres volver a casa, Sarah?

Y diciendo esto se marchó.

Se hizo el silencio. Yo me quedé mirando fijamente mi plato de comida. Sentí la presencia de la tía Mattie que se encontraba a mi lado y que entonces se puso a juguetear con el tenedor. Harriet se aclaró la garganta. Cuando levanté la vista vi que Sarah miraba hacia el mar a través de la ventana.

Nadie habló.

Busqué a Caleb por todas partes; detrás de la casa, en el bote de remos de madera, en las rocas donde toman el sol las focas. Finalmente lo encontré acurrucado junto a un madero en la cala. Estaba llorando.

Me senté a su lado y escuché el ruido de las olas al romper contra la playa. Se levantó viento y yo puse mis brazos alrededor de Caleb.

—No llores, Caleb —le supliqué—. Por favor, no llores.

Al cabo de un momento Caleb me miró. Vi que sus ojos brillaban a la luz de la luna. Recordé los brillantes ojos de papá la noche que se incendió el granero.

—Anna —susurró Caleb—. ¿Crees que volveremos a ver a papá?

Caleb esperó mi respuesta, pero yo no encontré palabras para responderle. Empezó a llorar otra vez y permanecimos allí mientras la luna avanzaba por el cielo.

El sol de color rojo y oro del mes de agosto se elevó en el cielo. Acariciaba las flores del jardín de las tías, el macizo de rosas tardías, las capuchinas y los asters. Los gansos llegaban volando y reposaban calmosamente sobre el agua. Pasó un barco de dos mástiles y una gran vela. Caleb se fue a pescar con William y regresó con dos peces.

—Son platijas —dijo William sonriendo.

Pero Caleb no sonreía.

Aquella tarde, la tía Lou, Sarah, Caleb y yo paseamos por la orilla. Caleb lanzaba en la playa trozos de palo para que Brutus los fuera a buscar; y éste los traía junto con piedras, algas y cualquier cosa depositada por la marea. Emprendimos el regreso a casa. Caleb acarreaba unos palos y Sarah se detenía para recoger rosas silvestres que iba metiendo en su pamela. Un pescador sacaba nasas de lan-

gostas de la cala. Entonces, de pronto, Caleb se ir-
guió y miró por encima de mí hacia la cima de la
colina. No dijo nada pero sus labios se movieron.

—¿Qué pasa? —le pregunté, y me volví para di-
visar una figura que se erguía allí mirando el mar.

Caleb abrió la boca y dejó caer los palos.

Papá. Me acerqué a él para oír mejor lo que decía
y entonces gritó:

—¡Papá! ¡Papá!

Empezó a correr colina arriba gritando papá una y
otra vez. Y vi a papá que se volvía al oír la voz de
Caleb. Yo también eché a correr. Sarah corrió detrás
de mí y yo me puse a llorar.

—¡Papá!

Caleb corrió a abrazar a papá y papá lo levantó y
lo apretó contra su cuerpo. Papá también me tomó
en brazos; se me cayó el sombrero y oculté mi rostro
en su cuello.

Papá miró a Sarah.

—Ha llovido —dijo sonriéndole.

—Pensé que nunca vendrías —susurró Sarah.

—Ha llovido —repitió papá con una voz tan queda que hubiera podido creer que lo que había oído
no era sino el vientecillo.

Caleb estaba sentado sobre las rodillas de papá.

—¡Y vimos fuegos artificiales, papá! ¡Montones!
¿Han crecido mucho los gatitos?

—Son tan grandes como tú —dijo papá sonriendo y acariciando el rostro de Caleb—. Tan alborotados como tú.

—¿Quieres comer algo, Jacob? —le preguntó la tía Harriet.

—He aquí la solución de Harriet para todos los problemas del mundo —dijo la tía Lou haciendo reír a papá.

—No, gracias —respondió—. Ahora no podría comer nada.

Y diciendo esto se quedó en pie mirando el mar. Todos permanecimos callados.

—Este sonido... —susurró papá al cabo de un momento.

—El mar —dijo Sarah.

Papá se volvió para mirarla. Ella le palpó el brazo y se dirigió por el sendero hacia el agua. Papá fijó un instante la vista en Caleb y en mí y después la siguió.

Caleb empezó a andar detrás de papá pero yo le agarré la mano y lo detuve.

—Caleb —dije suavemente.

—¿A dónde van? —preguntó Caleb.

—Volverán —dije—. No te preocupes, Caleb.

Caleb y yo nos quedamos allí observando cómo Sarah y papá descendían por la ladera. Se detuvieron. Hablaron. Y después, al cabo de un momento, papá abrazó a Sarah. Yo sonreí.

—No te preocupes, Caleb —repetí en un susurro.

Aquella noche, después de que las tías Harriet y Lou tocaran música para papá y que Mattie bailara, nos fuimos a pasear por la orilla del mar. Las nubes ocultaban la luna. Y, entonces, Sarah y papá nos dijeron que en primavera tendríamos un nuevo bebé.

—¿Un bebé de verdad? —preguntó Caleb excitado.

—Un bebé de verdad —respondió papá.

—¡Nuestro bebé! —dijo Caleb sonriendo.

Sarah observó mi expresión y supo que yo estaba preocupada. Estaba preocupada porque mamá había muerto cuando nació Caleb.

—Todo irá bien —me dijo—. Yo estoy sana y el bebé también lo está. Esto es lo que ha dicho el médico.

Miré a papá.

—Todo irá bien, Anna —dijo.

Las nubes pasaron y la luz de la luna se reflejó sobre el agua.

Papá me rodeó con sus brazos.

—Y será *maravilloso* —declaró.

—¡Ya veo la casa! —gritó Caleb poniéndose de pie en la carreta—. ¡Y el nuevo granero!

La carreta pasó por los campos de maíz, todavía secos, pero ya se podía ver un poco de verdor en la pradera. Entramos en el patio y, antes de que nos detuviéramos, Nick y Lottie subieron de un salto a la carreta.

—¡Nick, Lottie!

Yo me eché a reír mientras nos saltaban encima lamiéndonos la cara.

—En el estanque hay un poco de agua —dijo papá.

Después nos miró a Caleb y a mí.

—Y en el porche os esperan unos gatitos.

Caleb y yo corrimos hacia el porche er Delfi lavaba a sus cuatro gatitos; tres anaranjado como Sam.

—¡Mira Sarah! —gritó Caleb levantando el color naranja para que lo viera Sarah.

Nos sonrió y después ella y papá decidieron dirigirse a los campos para ojear la hierba verde. Yo los contemplé. Papá llevaba su traje de bodas y Sarah su sombrero amarillo. De repente, Sarah se agachó y al hacerlo los faldones de su abrigo de viaje se desplegaron tras ella, entonces, con un palito empezó a escribir en la tierra seca.

—¿Qué haces? —preguntó Caleb.

Yo lo sabía pero no dije nada.

Papá se volvió y se acercó a ella mirando al suelo para ver lo que había escrito. Ella le sonrió y ambos se encaminaron hacia los campos bajo la pálida luz del atardecer. Papá cogió a Sarah de la mano.

Caleb y yo bajamos los escalones del porche. Bajo el poste en donde todavía estaba el vaso de Caleb, Sarah había escrito un nombre en la tierra de la pradera.

Sarah.

Nuestra casa.

Ha llovido dos veces pero todavía hay polvo. El maíz aún cruje con el viento.

El verde de Maine parece sólo un sueño. Cuando regresamos a casa en tren atravesamos colinas, bosques y lagos. Estas colinas, estos árboles y estos lagos con agua abundante son preciosos, pero la pradera es nuestra casa. El cielo es aquí tan inmenso que te quita la respiración y la pradera es como una colcha gigantesca echada sobre la tierra.

Volverá a llover. En el estanque hay algo de agua. No la suficiente para nadar pero la habrá. En primavera volverán a brotar las flores, y el río volverá a fluir. Y en primavera tendremos un bebé. El bebé de papá y Sarah.

Como papá, Caleb no siempre tiene facilidad de palabra, pero creo que es el que lo expresa mejor.

«Nuestro bebé.»

ÍNDICE